新輯・言葉について　50章

中村稔

青土社

新輯・言葉について　50章

1

言葉は質量もなく、鋭利でもないのに
時に頽廃した集落に紙ツブテとなって襲いかかる。
ある者は見むきもしないで棄て去るが、
ある者は胸を抉られたかのように傷つく。

言葉はカラスのように賢くなく兇悪でもない。
言葉はハトのように従順だが親切ではない。
言葉は頽廃した集落に紙ツブテとなって襲いかかり
ひとりずつ傷つけ、しだいに痛みをつよくする。

頽廃した集落はやがて死滅する。
傷ついた人々はかれらの死に臨んでも
紙ツブテの怖ろしさを知らない。

言葉は質量をもたず、鋭利でもないけれど、
集落が頽廃したとき、集落を消失させるほど
威力をもつことに誰も気づいていない。

2

ほんのり緋色のささやかなハギが
枝もたわわに咲き、ホトトギスは萎れ、
じきにすっくと立つ茎にツワブキが咲き、
こうして日一日、冬が近づいてくる。

私たちは枝もたわわに咲くハギを見、
萎れたホトトギスを見、やがてツワブキを見るのだが、
私たちが見るのはハギであり、ホトトギスであり、
ツワブキであって、花を見ているわけではない。

花は抽象化された観念であって、
私たちが見るのは抽象化された観念ではない。
抽象化された観念は言葉が私たちにしかけた罠だ。

私たちは言葉をとおして物を見る。
言葉は私たちに無数の罠をしかけている。
だから私たちは日々間違いを冒しやすいのだ。

3

ナラ、コナラ、ブナなどの雑木林のモミジが
その色彩の濃淡の変化によって私たちを魅了する。
正確な言葉があり、陰影に富む言葉があり、
その陰影の濃淡の変化する言葉が私たちを魅了する。

シベリア高気圧がモミジを散らした雑木林は
北風のふくまま裸の幹と枝々をさらしている。
陰影ある言葉をとりさられた文章は
骨と皮だけで成り立つ正確な言葉だ。

だからといって、陰影に富んだ言葉をつらねても
老女の厚化粧のように見苦しく、
骨と皮だけで成り立つ正確な言葉の明晰さに及ばない。

私たちの言葉を発見する難しさは
陰影に富む言葉に装飾されながら、しかも
正確で明晰な文章を綴ることなのだ。

4

眼光紙背に徹する※とは
言葉の言外の意味まで汲み取ることだ、とは本当か。
言葉は印刷物の裏側に潜んでいたり、
言葉のあるべき位置の外に隠れていたりするのか。

私たちが表現しようとする思想や感情と
私たちが選ぶことができる言葉との間には
必ず過不足があり　齟齬があるので、
私たちはつねにほぼ近い表現で満足しなければならない。

しかし、私たちはそうした過不足や齟齬を
言葉の組合せや文脈によっておぎない、正そうと試みる。
過不足や齟齬が解消しないまでもできるだけ試みる。

表現する者のそうした苦労を推察し
表現する者の意図を汲みとらせるために
言葉は行間や紙背に言外の意味をひそませているのだ。

※ 眼光紙背に徹する（文章の言外の意味を汲み取ること）（『岩波新漢和辞典　第二版』）

5

ごく若いころ、青森の日本海岸の港町で
中年にさしかかった土地の女性たちの会話を聴く機会があった。
私にはまったく理解できない方言で話しているのに
低い、微妙な抑揚で歌うように喋る会話に聴きほれた憶えがある。

街を歩いている私の神經を苛立たせるのは
粗雑で甲高い言葉がむやみと飛びかっていることだ。
私たちは話し言葉と書き言葉をもっている。
話し言葉は野卑で、思慮に欠け、感情に流されやすい。

私たちが手紙や感想文に用いる書き言葉は
洗練されていないとしても、考えをめぐらした、言葉をつらねるから、
そこには自ら書き手の人間性があらわにならない。

私が願うことは、書き言葉が洗練され人間性にあふれ、
話し言葉が抑制され、上滑りすることなく、
静かで低い抑揚をもった調べで話されることだ。

6

言葉はヒトが発明した伝達のための架け橋である。
ヒトが他のヒトに伝達したいと思うのは
思想であり、信条であり、情報であり、情緒であり、
その他ヒトの生が関連するあらゆる事物である。

伝達される言葉は話し手の伝達したい趣旨を
間違いなく的確に表現しなければならない。
伝達される言葉は聞き手によって
間違いなく的確にうけとられなければならない。

伝達しようとする事物を間違いなく的確に
表現することは、また、それを間違いなく的確にうけとることは
架け橋としての言葉にとってあまりに過重な負担である。

だから、ヒトは始終架け橋から足を踏みはずし
さもなければ、架け橋をねじまげ、壊したりもするので
私たちは時に架け橋の嗚咽を聞くことになるのだ。

7

春は曙。まだ夜は明けきらない、
仄かに明るみが差すが、
往来する人々を見分けるのが覚束ない、
そんな時刻を古人は曙と名づけた。

曙いろに頰をそめている初恋の少女の歩む
肌寒い春彼岸の寺院の庭前、
誰も曙という言葉を忘れている。
いまは美しい言葉が一つ、また一つ、失われる時代だ。

家々の屋根やケヤキの梢をやさしく濡らし、
時雨が幾夜か通りすぎ、
日々秋がふかまる季節があった。

私たちはもう時雨を知らない。私たちが知るのは
停滞した秋雨前線がもたらす集中豪雨だ。
ここでもまた私たちは美しい言葉を失っている。

8

私たちの周辺に言葉が氾濫している。
言葉が滔々と河のように流れ渦巻いている。
逝くものはかくも迅速であるか、と感慨にふけるとき、
すでに言葉はあとかたもなく海に呑みこまれている。

言葉は切り立つ生の断崖の底にひそんでいる。
生の断崖の底にふかく言葉は沈んでいる。
生の断崖を降りゆく日の思想を語ることが難しいとしても
錯雑した生の実相を私たちは見なければならない。

私たちの周辺に充満する言葉は流されやすい。
私たちは流れさる言葉にもてあそばれやすい。
私たちはじつに迅速に私たちの生の終りを迎えやすい。

私たちは生の断崖に目を凝らさなければならない。
私たちは錯雑した事象の実相を知るようにつとめ、
私たちが生の断崖を降りゆく日を待たねばならない。

9

言葉はその語り手の能力の如何によって
群衆の感情を揺さぶり、かき立て、
群衆の心をつかみとり、ある方向に
群衆を向かわせることができる。

言葉は寂しい人の孤独に寄りそうことができ、
言葉は悲運に沈む人を慰めることができ、
言葉は憤っている人の心を鎮めることができ、
言葉はためらっている人に決意をうながすことができる。

本当にそうか。言葉にそれほどの力があるか。
群衆をある方向に組織できるのは
語り手の野太い声音と計算された抑揚によるのではないか。

寂しい人、悲しい人、憤っている人、ためらっている人、
彼らの心に訴えるのは、彼らがそういう言葉を待っているからだ。
言葉は彼らが待っている客にすぎない。

10

言葉の中に詩はない。
辞書の中に詩はない。
先哲の古典の豊饒な世界に詩はない。
旅行で見かける風景の中にも詩はない。

詩は庭の隅のイチジクの根元によこたわっている。
深紅のドウダンの生垣の葉陰に隠れている。
押されたり、突きとばされそうな駅の雑踏の中にまぎれている。
勤め先の机や椅子の後《うし》ろに息をひそめている。

日常の内にあり、しかも日常とは無縁に感じている
ものたちにふと目をとめる瞬間がある。
それらの存在の新鮮さに私たちが驚くときがある。

日常から追いやられている日常の片隅に
目をとめて私たちが動悸をはやめるときがある。
動悸から言葉が生まれ、詩が生まれる。

11

ふだん何げなしに使っている、どうということもない言葉。
ある種の人がそんな言葉を使うと、時と場所と機会によっては
傲慢な発言とうけとられ、発言者に致命的な打撃を与え、
社会的存在としての意味を否定させることがある。

言葉そのものが傲慢なわけではない。ふつうの言葉だ。
それが傲慢とうけとられるのは発言者が傲慢だからだ。
ある言葉がたんなるお世辞とうけとられるなら、
本心がお世辞を言っているからなのだ。

川辺の土手に咲く数輪のコスモスを考えてみよう。
綺麗だと言う人はその人の心が綺麗だからだ。
侘びしいと言う人はその人の心が侘びしく暗いのだ。

言葉は話し手の心を映す鏡であり、
聞き手は必ず鏡を介して話し手の本音をくみとり、
時として話し手を突き刺すメスを用意することもある。

12

口あたりの良い料理を食べると
飽食し、消化不良をおこしたりする。
耳あたりの良い言葉を聞くと
言葉の上面《うわつら》だけが耳を通りすぎる。

腕のいいシェフが料理した食事は
うっとりと私たちを堪能させる。
押韻や音数律でととのえられた詩は
私たちを酩酊に誘い、詩の訴えを読みそこねさせる。

日頃食べなれた料理に似た言葉に接すると、
安堵し、心がかき乱されることがない代りに、
言葉の味わい、言葉のもつ深い意味を見落とすこともある。

言葉はごつごつと綴られているのがいい。
一つ一つの言葉につかえながら読み終えたとき、
はじめてつらねられた言葉の実相に迫ることができる。

13

ある党派の会合で日米安保体制に賛成と唱えても
出席者は誰もきみの言葉に関心をもたない。
別の党派の会合で日米安保体制に賛成と唱えると
反対され、軽蔑され、罵倒されるかもしれない。

ある言葉がどう受けとられるかは
聞き手に対してきみが立っている位置による。
きみが立っている位置がどこであるかにより
言葉がどう受けとられるかを異にする。

あなたは賢い人だ、ときみが話しかけたとしようか。
相手に対してきみが立っている位置により
褒め言葉にもなるし、アイロニーとうけとられることもある。

言葉はきみが立っている位置の如何により
その働きがさまざまに変化する。
言葉を支配するのはきみが立っている位置なのだ。

14

魅力ある女性は美しい容貌、均整のとれた体型、
ふかい教養と高い知性などをもつ。
魅力ある言葉は正確で、簡潔で、論理的に明晰であれば
それで足りるといえるかもしれない。

ここに、青は藍より出でて藍より青し、という言葉がある。
正確だし、簡潔だし、論理的に明晰だし、
ア音がくりかえされ、ほとんどア音とイ音とから成る
音韻の効果も私たちに心地よい響きを与える。

ここに思想がないにしても思想の萌芽がある。
だが、この断章に魅力があるといえるだろうか。
この断章は静止し、躍動していない。

女性の魅力は容姿、体型、知性、教養では充分でない。
きびきびした動作が必須だ。言葉についても
この断章が動きはじめ、発展してはじめて魅力を生じるのだ。

15

私は鳥でなく、獣でなく、草でも、樹木でもない。
私は人間であり、人種としては
私は白人でなく、黒人でなく、
私は黄色人種に属する。

私は先進資本主義国の国民ではない。
私は後進資本主義国の国民である。
宗教についていえば、私はキリスト教徒でなく、
私は仏教徒でなく、いかなる宗教の信者でもない。

こうしてどこまで規定してみても、これらの言葉は
私という人間を捕捉するのに無力であり、
私の個性を識別することはできない。

だから、人種、宗教などの観念で人を識別することは
空しく、無意味なのだが、もっといたましいことは
これらの粗雑な分類の識別からヒトが逃れられないことだ。

16

秋がふかまり、ハゼの葉が黄金に輝やき
黄ばみ、赤みを帯び、褐色に変り、
やがて枯葉となって散り落ちる。
それが運命だとハゼは諦めている。

言葉には速い言葉があり、遅い言葉がある。
速い言葉は飛躍するから誤解されやすい。
遅い言葉は冗長だから退屈させやすい。
適正な速度の言葉がありうるか。

速い言葉は飛躍するから感興をよぶ。
遅い言葉は冗長だから深遠な思想を語るに適している。
望ましい言葉の速度のきまりはない。

ハゼは枯葉となって散り落ちる運命に耐えている。
ハゼは来年また再生することを知っている。
しかし、言葉はいつも一回限り、再生できない。

17

ナイフは中性、フォークは女性、スプーンは男性、といって何ということもない。ドイツ語の名詞の性別だ。ドイツ語では太陽は女性、月は男性だが、フランス語では太陽は男性、月は女性だ。

外国人には彼らの名詞の性別は分りにくいが、たとえば、ドイツの子は初めから太陽をdie Sonneと覚える。Sonneは太陽、女性名詞だからdieという冠詞をかぶせるなどとは覚えない。

だから名詞に性別がある言語があってもどうということはない。
私たちは月光の差しこむ食堂の豪奢な晩餐を空想しよう。
私たちは無数の性別のないものたちに囲まれている。

前菜はスモークサーモン、主菜はローストビーフ、
コニャックを傾け、英語に名詞の性別のないことを思えば、
傍らの妻はまさしく女性、光り輝く存在ではないか。

18

ゆるやかな起伏があり、遠くに山並が見え隠れする道を
散歩すると、私たちの心がときめく。
音声の強弱、高低、遅速などで抑揚があり、リズミカルな
言葉に接すると、やはり私たちの心はときめく。

散歩の途中、小公園のベンチに腰をおろして休憩すると
もう少し歩いたら新しい風物が見つかりそうな期待をもつ。
話の途中、語り手がちょっと小休止して間《ま》をおくと
言葉の続きへの期待がふくらんでくる。

しかし、言葉は話が終れば流れ去って残らない。
言葉をとどめるには文字に移すより他はない。
しかし文字に移された言葉には間《ま》もなく抑揚もなくリズムもない。

そんな平板な言葉でなく、言葉をたくみにくみたて、
抑揚があり、リズミカルで、間《ま》もあるような
しかも格調ある言葉を紡ぐことこそ私たちの願いなのだ。

19

国語辞書に「メール」は電子メールの略語とあっても
「メール」は日本の造語だ。e-mail が electronic mail の略とは違う。
「メール」のやりとりをする人たちは
電子メールなどという言葉を聞いたことさえないだろう。

「ネット」も日本の造語であって、インターネットの略語ではない。
「ネット通信販売」で物品を売買する人たちは
インターネットという言葉を知っていても
ネットという言葉がもつ多くの意味を思い浮かべはしない。

私たちが好む寄せ鍋はハマグリ、エビ、白身魚、鶏のささ身、長ねぎ、白菜、三つ葉など、何を入れても差支えない。昆布だしをとり、醬油と塩で味つけをした、ごった煮だ。

私たちは言葉は漢字、平仮名、片仮名、アラビア数字にローマ字外国語さえ入りこんできても差し支えない巨大な容器だ。私が嫌いな造語でも、この容器に入りこむのを拒否できない。

20

樹木を嵐がうちつけている。
枝が揺れ、枝分れした小枝が揺れ、
枝々の葉がいっせいに揺れ、樹木全体が揺れ
樹木は砂埃りにまみれている。

パーソナル・コンピューターをパソコンと言い、
セクシャル・ハラスメントをセクハラと言うからといって
パーソナル・コンピューター、セクシャル・ハラスメントに比べ
どれだけ時間やエネルギーが節約できるわけではない。

言葉が普及し、圧倒的多数が嵐のようにふきあれると、
私も略語を使うのに馴れてしまうのだが、
これはいわば私が多数に迎合しているのにひとしい。

世相は多数が言葉を支配している。
だから私は略語を使うのだが、ふりかえると
私の体は砂埃りの言葉にまみれているようだ。

21

アマテラスが姉であり、スサノオが弟でなければ
日本神話の始源が消えて失くなる。
しかし、姉弟という英語もドイツ語もない。英語でいえば、
ブラザー、シスターを出生の前後で使い分けている。

ハウスという英語は人の住む建物の意だが、
家という私たちの言葉は、特別の名家でなくても
家督、家系、家名、家訓などから家元という言葉まで結びつく
家族制度と切り離せない言葉だ。

一対一に対応しそうにみえる言葉も
じつはそうではないから、私たちは小説や映画で
外国の文化の中の言葉を学ばなければならない。

しかし、小説でも映画でも原語で読み聞きできないので
外国語の内包と外延とが日本語と違うことが分らないのは
若いころ外国語の学習を怠けていたからだと悔いてももう遅い。

22

綸言汗のごとしというけれど
じぶんの言葉を守らなければならぬのは君主だけではない。
私たち庶民の社会でも、人それぞれの地位、役職などに応じ
発言した言葉に責任をもたねばならぬしきたりがある。

書面によらない贈与は撤回できるとは
民法の定めであり、書面による約束の重さを教えているが、
政治家、ことに首相にとっては、言葉は
吹けば飛ぶほど軽いものらしい。

議席の四分の一を占める議員が要求すれば
内閣は臨時国会を招集しなければならないとは
憲法五三条の定めるところだが、招集期限の定めはない。

臨時国会を招集しないまま放置した後、突然招集し、
即日衆議院を解散して誰もとがめず、苦情も言わない。
私たちの政治を司る人々の間では憲法の文言も死語と同じなのだ。

23

私たちの言葉は伝統をひきついでいない。
源氏物語の言葉も風姿花伝の言葉も近松、西鶴の言葉も
私たちにはまるで異国の言葉と同じだ。
私たちの言葉は日本の伝統と断絶している。

シェイクスピアからでも六百年ほどの歴史をもつのに、
私たちの言葉は二葉亭以来僅か百五十年ほどの年月だ。
明治維新以来、西欧の言葉が奔流のように流れこみ、
西欧の思想・文学・自然科学に私たちは翻弄されてきた。

その後も、先進諸国に変化があり、新しい文明がおこれば
私たちの言葉はそれらに追いつくために
息切れしながら努めてきた。

いま若者言葉が跳梁し、ＩＴ用語が横行し
ますます私たちの言葉は混乱をきわめている。
私たちの言葉には伝統という基盤がないと歎くばかりだ。

24

人によって言葉の使い方に好き嫌いがある。
同じ言葉を使っても、ほとんど同じ言葉でも
ぼくはトロより赤身が好きだという人より
ぼくはトロよりヅケが好きだという人の方が気障に思われる。

町という言葉は何となく田舎じみている。
街という言葉にはどうしても広がりが感じられない。
東京は都会かと言われれば
雑然と町並が巨大になった集落だという感じがつよい。

それなら京都はどうか、大阪はどうか。
どちらも都市というのははばかられるのだが、
金沢は小都市というにふさわしいかもしれない。

つまり言葉の使い方の好き嫌いは
それぞれの人が言葉にもつイメージのあらわれであり、
それはまたその人の人格のあらわれだ。

25

私たちの祖先は表意文字の漢字で
私たちの言葉を表現しようという情熱をもち
漢字一文字に私たちの言葉の一音節をあて、万葉仮名をつくり、
七一二年、古事記を漢字で表記した。

万葉仮名から平仮名が作られ、片仮名が作られ、
私たちに王朝文学など貴重な文学遺産をのこした。
こうした表記について私たちの祖先に何の創意もなかった。
手近にあるものを便利に使いこなす実際性をもっていた。

朝鮮半島では彼らの言葉をそのまま表記する情熱がなかった。
漢字によって彼らの意志を伝達していた。
ハングルが案出されたのはようやく一四四六年であった。

ハングルは無類に論理的で規則性をもっている。
私たちの言葉は実際的で便利だし、手軽でもあるが、
これら言葉の違いは民族性の優劣とは関係はない。

26

私たちは私たちの感情や思想を
私たちの言葉によってしか表現できないのだが、
私たちが口にした言葉によって
私たち自身が縛られることにもなる。

私たちは私たちの感情を制御できると過信し、
私たちは私たちの思想を制御できると過信しているが、
私たちが口にした途端、言葉は思い上り、
言葉が私たちの制御できない世界で騒ぎたてることがある。

私たちはそんな言葉の勝手な挙動には
とても責任はもてないと弁解しても
世間は私たちの弁解を聞き入れてくれない。

言葉は私たちの口から出ると
私たちから自由に振舞うことができ、
そんな振舞についても私たちは責任を負わなければならない。

27

言葉がなければ私たちは他人と
意志の疎通をはかることができない。
しかし、言葉によって私たちは他人と
正確に意志を疎通できるとは限らない。

言葉はいつも多義的だから
正確に意志の疎通をはかろうとしても
言葉には無数のしかけが用意されているので
言葉は詐欺師にひとしいと観念しなければならない。

だから正確に言葉を操り、
正確に意志を伝達しようとする試みは
必ず空しい努力に終るのだ。

むしろ私たちは言葉を信用してはならない。
いつ私たちを裏切ろうかと刃を鋭いでいる
奴隷こそが言葉なのだと思い知った方がいい。

28

言葉はある民族の文化現象だ。
私たちの民族の文化現象は万葉集にあるかもしれないし
若者言葉の中に認められるかもしれない。
言葉は至るところに存在し、しかもその本性のありかは確かでない。

私たちが松尾芭蕉、與謝蕪村を読むからといって
芭蕉や蕪村が私たちの文化現象の現状を
その片鱗さえ捉えているわけではない。
だからといって、芭蕉、蕪村を除いて、私たちの言葉はありえない。

それ故、私たちは私たちの言葉について、文化現象について
まことに無智であって、無智であるからといって
家常茶飯にいかなる苦労をするわけでもない。

私たちの言葉はそんなものだとわりきってしまってもいい。
言葉が私たちの民族の文化現象だからといって、
それは他人の見方であって、私たち自身と関係はない。

29

切れ味の良い言葉がある。
鋭く相手の言い分を切りすて
それみたことかとうそぶいてみるのだが、
必ずしも相手が傷ついているわけではない。

相手はのほほんと構えて立ったまま、
莞爾と微笑をうかべて平然としている。
言葉の切れ味が悪かったわけではない。
切れ味は良かったのだが、相手が防禦していたのだ。

言葉の切れ味が良いとか、悪いとかいうことは
つまりは観客あっての話の種であって、
いわば大道芸に似たようなものだ。

だから、言葉の切れ味を論じることは
空しく、はかなく、悲しいことだ。そもそも
言葉の鋼鉄は切れ味を論じるほど強靱ではない。

30

言葉がなければ私たちは一日も過せない。
しかも、言葉はかよわく、繊細で、壊れやすい白磁に似ている。
その磁器には毎日毎日さまざまが盛りこまれ
運ばれて、人と人との間を行来するのだ。

その運搬の途中、荷崩れすることもあれば、
衝突したり、嵐に遭って海底ふかく埋れてしまうこともある。
そんな運命を辿ったとしても、言葉としては
遣る瀬ない思いをする以外、なすすべもない。

だから、言葉は高貴な人々に捧げる磁器のように
こまやかな気遣いをもって、注意ぶかく
運ばれなければならない。

言葉はかよわく、繊細で、壊れやすい磁器に似ている。
私たちが平穏な日々を送るためには
言葉がそんなにかよわく、繊細で、壊れやすいことを忘れてはならぬ。

31

言葉はヒトの思うこと、感じることを
他のヒトに伝える小舟に似た手段だ。
こわれやすく、傷つきやすく、歪みがちな言葉で
話すことは小舟で海に乗りだすようなものだ。

海とは私たちが生活している時世だ。
凪いでいる日もあり、荒れている日もある。
小舟は帆をもち、帆はいつも時世をうかがっている。
帆は時世に敏感に反応し、時世によって小舟の方向を決める。

言葉は帆をもたないから時世にふく風に反応しない。
時世に逆らえば、こわれたり、傷ついたりするし、
時世に媚びれば、言葉は歪みやすい。

言葉はヒトとヒトとの間を往復し
ヒトの思うこと、感じることを伝える手段なのだが、
帆のない小舟のように危険な手段なのだ。

32

私たちは言葉によって判断する。
私たちが倫理的に妥当かどうかを判断するのは
私たちの内心によると錯覚しがちだが、
判断とは基準と定めた言葉へのあてはめにすぎない。

私たちが倫理的に妥当かどうかを判断するのは
判断される事実であり、行為であると錯覚しがちだが、
事実も行為も再現できないから、
言葉に置き換えられた事実や行為で判断しているのだ。

私たちが倫理的に妥当かどうかを決めるのは
私たちの良心だと錯覚しがちだが、
良心もまた言葉でしか表現できないのだ。

私たちは言葉によって支配されている。
私たちは傲慢だから言葉を道具だと錯覚しているが、
それは私たちが言葉の怖ろしさに無知だからだ。

33

大谷石を積み上げて土台とし、
ドウダンを植えこんで生垣とする。
私たちはこれらを大谷石といい、
ドウダンの生垣という。

大谷石といい、ドウダンというのは
たしかにその物の具体的な名称なのだが、
じつは多くの石や多くの植物の中の特定の物の
抽象化された名称なのだ。

対象はつねに具体的な物として私たちは見るのだが、
多かれ少なかれ、物は必ず抽象化され、同時に
観念上の存在となるのだ。

言葉はつねに対象を具体的にさし示し
しかも抽象化しているので、本当は言葉は
その間の暗がりに本質があるのかもしれない。

34

本当の言葉は行間にひそんでいる。
私たちは真珠貝を探すように
行間ふかく潜りこもうとするのだが、
行間を見つけだすことさえ至難なのだ。

本当の言葉を私たちは口を噤んで話さない。
本音を私たちは文字に表現しない。
だから、私たちの本音は
妖怪のように行間に身をひそめている。

私たちの社会は、私たちが本音で生きるには
あまりに暮しにくい。だから私たちは
仮面で暮すことに馴れ、本音を隠している。

それでも本音を聞かねばならぬときがあり、
そのために行間に本音を探そうとするのだが、
そんな努力が空しいことは初めから分っている。

35

聞き苦しい話し言葉はいくらもある。
因縁をつけて怒鳴りちらすヤクザ。
ねちねちと終らない説教を続ける上司や教師、
弱い相手とみると威丈高にいじめる権力者たち。

書き言葉が聞き苦しいことは稀だ。
話し言葉の聞き苦しさは瞬間的な腹立ちに触発され
周囲の人々に対する自己顕示欲で加速されるが、
書き言葉は瞬間的な腹立ちまぎれでは書けない。

書き言葉は自己顕示欲の役にも立たない。
書き言葉には読み手が存在しなければならない。
自己顕示欲を満足させるにはまず読み手を探さねばならない。

しかし、書き言葉で憤りをぶちまけたいと感じるときがある。
憤りは説得力をもち、普遍性をもたなければならない。
それでも他人に憤りを共感して貰うことは極度に難しい。

36

庭いちめんを茶褐色のケヤキ落葉が埋めつくし、
こないだまで黄褐色にけぶっていたケヤキモミジは、
いま葉を散らすだけ散らし尽くして
繊細な枝々を空たかく差し伸べている。

言葉は庭いっぱいの茶褐色の枯葉に似ている、
風が立つと、舞い上り、舞い落ち、
また、じっとうづくまってあたりをうかがい、
諦めきって彼らの運命をうけいれている。

だが、枯葉が堆肥となって野菜をはぐくむように、
一つ一つの言葉は無意味であっても
鋭く尖った牙をもつことがある。

そのとき、言葉はケヤキの枝々が空に差し伸べるより
もっと鋭く、痛く、私たちの心を突きさすのだが、
そのときまで私たちは言葉を枯葉のように感じている。

37

ヒトは私は莫迦だという、
ヒトは私が莫迦だという、
ヒトは私を莫迦だという、
これら「は」「が」「を」はどう使い分けるのか。

私たちの言葉の難しさは
私たちが生まれてから自然と身についた
これらの助詞の使い分けが正しいかどうか
私たち自身にも分らないことにある。

彼は賢いが、私は莫迦だ、が「は」の用法、
宝くじにはずれて失望している、私が莫迦だ、が「が」の用法、
私を目ざして、私を莫迦だ、が「を」の用法。

そうわりきれれば、ことは簡明だが、
受験に失敗した私は莫迦だ、が間違いとはいえないから
私たちは正しい助詞の使い分けにいつも途惑うのだ。

38

言葉の表面はスケートリンクのように滑りやすい。
言葉の表面を滑ることは私たちの愉しみである。
私たちは飛躍し、回転し、滑走し、しかし
言葉の裏側をかいまみることはない。

言葉の裏側に何があるか。
言葉の裏側はがらんどうであって、
冷い風がいつも吹き続けている
空虚だからだろうと推測するのは間違いだ。

言葉の裏側には
梟が目を光らせ、じっと動かず、巣くっていることを
言葉は秘密にし、私たちの立入りを禁じているのだ。

言葉の裏側を私たちがかいまみることが許されないのは
眼を光らせ、じっと動かず、巣くっている梟こそが
私たちをヒトたらしめている知恵そのものだからだ。

39

雑木林を散歩していると、コナラの木の下に
体をゆらゆら揺らしながら、言葉がしょんぼり立っていた。
どうしたの、と訊ねると、どうもこうもありません、
右から左から、滅多うちに殴られぱなしです、と答える。

真逆は辞書にも載り、社会的に認知されましたね、
真逆は正反対と同じでしょう、逆とは違うのですか？
最近ツイッターと始終聞くけど、辞書に twitter はさえずり、と
あるのだから、さえずりと言ったらいいじゃないですか？

真逆《まぎゃく》といい、ツイッターといって、現代に生きているという
息吹きを感じているのでしょう、と言うと、
辞書の改版のための陰謀じゃありませんか、と言葉が言う。

いや、辞書編纂者は歴史を経た奥床しい言葉より
新しく社会に現れた言葉に興味をもつのでしょう、と教えると、
言葉は不承不承雑木林の奥に消えていった。

40

雪の結晶形を確定し、その美しさを示したことは、
すばらしい業績だが、これは発見であって発明ではない。
発明とはこの世の中に存在しなかった製品を
製作して世の中に送りだし、人類に役立たせることだ。

それまで世の中に存在しなかった製品だから、
新しい言葉で名づけて製品を同定しなければならない。
エジソンは電話機を発明したとき、ギリシヤ語源の二つの言葉、
遠いの意味の tele と音の意味の phon とで telephone と名づけた。

エレベーターは elevate に由来する言葉だが、
ドイツ語の steigen が昇降を意味するのに、elevate は
昇りしか意味しないのだから、この名称はかなり不適切だ。

私たちは欧米技術に追いつき、追いこせと
努力してきたが、残念ながら追いついたともいえないようだ。
私たちは新しい言葉をもつ製品を何一つ発明していない。

41

秩父山塊のふかい原生林にささやかな泉がほとばしり、
人知れぬ深山の奥に言葉がふと目覚めて思い立ち、
泉から清らかな水が流れだして、やがて小川となり、
言葉はいくつか連ねられて、ある思想を芽生えさせる。

小川は渓谷を抉って山麓をめぐり、淵となり、よどみ、
谷にしぶき、緩やかな流れとなり、里山にさしかかる。
言葉は芽生えた思想をはぐくみ、はぐくまれた思想は
数知れぬ未知の思想にしごかれて、もがき苦しむ。

やがて小川は水田地帯のせせらぎとなり
農民に快い眠りを誘い、また洪水となって農民を脅かす。
言葉は思想との闘争に疲弊し、自らを見失う。

小川は幾度も合流して大河となり、生活排水に汚染され、
くりかえし浄化されて夕陽を浴びながら海に辿りつく。
言葉は混濁した思想を浄化され、何の思想もなく消え去るのだ。

42

公園の遊歩道を睦まじそうに歩む若い男女は
言葉がヒトのかたちをしているのではないかな。
はじめに言葉があった、というけれど、彼らは
はじめから喋り続けて、いつ果てるとも知れない。

彼らは遊歩道脇のベンチに腰をおろした。喋り続けているままだ。
映画館などに行けずに公園で休日を過ごすつましい男女だ。
二人ともパートタイム職員なのかな。
日本人の四割は非正規労働者だから、それもありうることだ。

あ、驟雨《にわかあめ》だ。真上の空だけ黒い雲が走っている。
言葉なら濡れることもないのに、彼らは駆けだした。
遊園地の飛行塔で彼らは手をつないで雨宿りしている。

彼らはひょっとしたらヒトなのかもしれない。
しかし、喋り続けて飽きないことをみると、
やはり本当は言葉なのではないかしら。

43

笑いをとる、という言葉を聞くことがある。
落語家や漫才師などの芸人が
客から財布でも奪いとるように、彼らの芸によって
客の持物である笑いを奪いとる、というのだ。

芸人は彼らの芸によって
客に笑っていただくのが商売であり
客から奪いとるものなどはない。
笑いをとるなどというのはもってのほかだ。

客は金を払って芸人の芸を見聞きしに来るのであり
芸人はその金の分け前にあずかって稼いでいるのだから
芸人にとって客はいつも「神様」なのだ。

このごろの芸人は有名人になったから
自分たちの方が客より偉いように勘違いして
笑いをとるなどという不遜な言葉を使うようになったのだろう。

44

カンツバキが花をつけはじめた。サクラモミジは散りはてた。眼を移すと、赤褐色のメタセコイアが夕陽に映えている。晩秋は終った。いま厳冬が訪れている。残生は知らず、私は充分な歳月を生きてきた。

「つ」はすでに動作してしまった過去の完了を示す助動詞、「き」は確実に記憶にある過去の回想を示す助動詞という。その他にも、文語には過去や完了を示す助動詞として「ぬ」「たり」「けり」など、じつに多様な言葉がある。

これらに係り結びを加えれば、文語の文節を結ぶ言葉は豊饒で、
その豊饒さに私たちは羨望を禁じえないのだが、
私たちはこれらの多くを口語で「た」に置き換えているようだ。

現代に生きる私たちの生は口語でなければ表現できない。
だから私たちは文語の過去、完了の助動詞の豊饒さを見限り、
しかも、文節をどう結ぶかの難しさを痛いほど知っているのだ。

45

言葉は受動的な性格の女性に似ている。
ある言葉をよびだしたいと私の頭脳が指示しても
愚図愚図と文句を言った挙句、ふさわしくない言葉をよびだす。
言葉がまるで拗ねているみたいだ。

言葉は積極的な性格の男性に似ている。
ある言葉をよびだしたいと私の頭脳が指示すると
たちまちいくつかの言葉を提示するのだが、
早とちりが多いから、みな的確ではないのだ。

だが、問題は、言葉が男性的か女性的かではない。
私たちがよびだしたいと考える思想や感情を
私たち自身が正確に理解しているか、どうかにある。

私たちは的確に自分の思想・感情を理解していないから、
それらを表現するために言葉をよびだす指示が不充分なので、
そのために私たちは始終悪文を書いているにすぎない。

46

私たちはそれぞれ大小さまざまな倉庫をもっている。
倉庫には各自がためこんだ語彙が収められている。
私たちが思うこと、感じることを表現したいときは
おもむろに倉庫から言葉を採りだしてくればいい。

倉庫に適切な言葉が存在しないときは、
辞書を参照すればいい。辞書には適切な言葉が見つかるはずだ。
倉庫には参照すべき辞書がどこに存在するか、
その手がかりも収納されているはずだ。

だから的確な言葉を探すのは決して難しくはない。
各自が表現したいと思う事柄をあらわすのにふさわしい言葉を必要に応じ、倉庫や辞書から抽出しさえすればよいのだ。

要は自分が考え、感じていることを分っていることだ。
分っていれば、的確な言葉で文章を綴ることもやさしい。
そうとすれば、言葉の効用など知れたことだ。

47

言葉がなければ私たちは生きていけない。
たとえば、大宮から東京へ出るのに
京浜東北線で行くか、高崎線で行くか、路線名がなければ
私たちは乗るべき電車を決められない。

また、妻に先立たれて寂しいとき、寂しいと感じるが
寂しいという言葉がなければ、ただ心が空虚なだけだ。
言葉があるから私たちは社会活動をすることができ、
言葉があるから私たちは人生を過すことができる。

言葉の意味が変化したり、新しい言葉が現れるのも
社会活動や人生に必要だからであり、
私たちは意味の変化や新語の出現を許容しなければならぬ。

しかし、不必要に言葉を弄んではならぬ。
言葉は私たちの生活に必須の道具なのだから、
私たちは不必要に言葉が弄ばられるのを拒否する権利がある。

十五世紀から十八世紀まで、アフリカ人奴隷売買は
買主も奴隷商人も彼らの道徳に悖るとは考えなかった。
道徳は国家、民族、部族、また時代などにより、同じではない。
道徳を超える普遍的な規範として道義という言葉を考えられないか。

核兵器についていえば、保有国は非保有国が核兵器の
製造を禁止するのは不公平だが、保有国は非難して恥じない。
核兵器製造を手がけていなかったイラクに攻めこんだ米国が
秩序・治安を決定的に潰滅させたことを非道徳的とは考えない。

北朝鮮が核兵器を製造するのを非難する国連決議は不公平だ。だが、その製造に成功した北朝鮮と米国が熾烈に挑発しあい、火遊びをしている。そんな危険な賭けを沈静化する知恵はないのか。

私たちを支配すべきは道徳ではない。道義による支配は不可能か。国際政治の場で道義を唱えることは空しいだろう。それでも私は人類の未来のため、道義が支配する世界を夢みずにはいられない。

「月天心貧しき町を通りけり※1」

貧しい町に中天にある月が光を注いでいる。

町の背後には山並みが連なり、冬には雪がふりつむだろう。

楼閣を遠く望む、貧しい家並みの屋根にも雪がふりつむだろう。

「その日　その幹の隙《ひま》　睦みし瞳　姉らしき色　きみはありにし※2」
早熟な少年と年長の女性との林の中の逢曳、
美しい調べが奏でる、過ぎ去った日々、失われた愛。
少年は心にふかく刻まれた悔恨をかかえて生きるだろう。

言葉にも光と影がある。
天心の月と貧しい町の対比が詩情をそそり
私たちの夢想を静かな物音一つない家並みの情景にいざなう。

睦みあった日々の光、影をなす、少年の悔恨は語られない。
しかし、私たちは少年にふかく刻まれた悔恨に共感し、
しみじみした感情の世界が展開することを知る。

※1　蕪村
※2　中原中也「含羞《はぢらい》」

50

上野の美術館の入口の階段に腰をおろし
言葉が頭をかかえて、しゃがみこんでいた。
どうしたの、と訊ねると、私は時代に追いつけない、
もう使いものにならない、とさめざめと涕いた。

青年たちがある作品を超写実だと批評したので
超現実主義の間違いだと思って、作品を見たら
写実も写実、ひどい写実主義の作品でした。
超現実主義とかシュールレアリズムは時代遅れの言葉なのですね。

おまえは超丈夫という言葉を知らないだろう、
おまえはやばいが褒め言葉だということを知らないだろう、
それでも言葉といえるのかとさんざん嗤われた、という。

若者は無知だから言葉の意味を勝手に変えただけのことだ、
そう言って慰めてみたが、そうかしらと疑わしげに言って、言葉は
しょんぼり動物園の人ごみの中にまぎれていった。

後記

私は二〇一六年九月、一四行詩の形式による作品二〇篇を収めた詩集『言葉について』を刊行した。

二〇一五年の年末から一六年の年始にかけて、私は例年の通り那須高原の定宿としているホテルに滞在していた。見はるかす裾野に風花が舞っていた。私はふと詩興を覚え、言葉についての私の感懐を一四行詩の形式で書いてみた。一篇書いてみると興がのり、同じく言葉についての感懐を一月末までに二〇篇書き上げた。これまで私は一年に二、三篇しか詩を書けないできたので、これは異常な創作欲の衝動であったように思われる。

しかも、抒情詩の範疇には属しないと思われる、こうした感懐を一四行詩の形式で記すことに、私は意外なほど強い興趣を覚えた。そこで、これら二〇篇はあくまで手ならい、足ならしであり、いつの日か、もっと本格的にこの試みを続けたいと考えるようになっていた。

ところが、二〇一七年四月末の未明、ベッドから降りた途端、腰が砕けたのではないかと思うほどの痛みを感じ、同時に、意識朦朧とした状態になった。その後ほぼ一カ月間、私は意識の混濁が続き、ほとんど記憶も欠落しているので、その間の経緯は後に聞いたことである。たまたまゴールデンウィーク中であったが、四〇度を超える高熱が続いたため非常に心配した長女と次女が相談して、我が家のホームドクターともいうべき橋本稔先生の指示をいただき、その結果、私は五月一〇日にさいたま医療センターに救急車で担ぎこまれた。血液検査等各種の検査の結果、肝膿瘍と診断され、翌朝には第一回の膿みの抜きとりが行われた。肝膿瘍は一種の感染症だが、どうして病原菌が私の肝臓に入りこんだか、ずいぶん調べてくださったが、結局、分からなかった。

さいたま医療センターは完全看護を建前としているので、家族の泊りこみの付添は禁じられているが、次女は、医療センターの側から頼まれて、私のベッドの脇に簡易ベッドを持ちこみ、ほぼ一カ月間、夜も付添うこととなった。その間、東京に住む長女も始終医療センターに通って、次女を助けてくれた。第二回目の膿みの抜きとりは入院の一週間後に行われたが、この当初の一週間ほど、私はいわば危篤状態だったようである。

入院後ほぼ一カ月間、私は一粒の食事はおろか一滴の水その他の液体を摂ることを禁止された。意識の混濁した中で、私は咽喉の渇きを訴え、さんざん不平不満を言い、まわりの人々に当り散らした。その終りころ、こまかに砕いた氷の二、三片を与えられた。この水を口にしたときは、これが甘露というものか、と感じた。

入院してほぼ一カ月後、意識は回復したが、行動能力はひどく衰えていた。私は消化器内科の病棟で暮らしていたのだが、理学療法士、作業療法士の方々が出向いてきて、リハビリテーションが始まった。椅子から立上がることが、どれほど難しいか、私はこのときはじめて知った。また、三〇秒ほど立っていられることに気づいたときの嬉しさも忘れられない。

肝膿瘍の治療が終り、六月下旬にリハビリテーション病棟に移った。私が歩行不能になったのは肝膿瘍のためだが、肝膿瘍が完治しても、歩行能力は、私は不合理に感じていたが、まったく回復しなかった。リハビリテーション病棟に移ってからは、もっぱら歩行訓練をうけることとなった。一時間の理学療法、同じく一時間の作業療法が私に課せられたリハビリテーションの日課であったが、その余の時間もできるだけ自主トレーニングにはげむように勧められていた。しかし、怠惰な私は自主トレーニングよりもベッドに静臥していることが多かった。静臥していると、また、言葉についての感懐や構想が日々次々に湧いてきた。しかし、万年筆を持つほどの体力も気力もなかったし、環境も構想を文字に具体化するのにはきわめて不適当であった。八月一五日に退院したが、この時点では、杖をもって三〇〇メートル、杖をもたないときは一〇〇メートルほどしか歩くことができなかった。しかし、ともかく退院できるまで回復したのは、さいたま医療センターの方々の行届いた治療、看護、介護、リハビリテーションのおかげだが、何よりも、長女と次女とが力を合わせ、献身的に私の面倒をみてくれたことによる、と私は考えている。また、兄の見舞いをはじめ、弟一家、妹がしばしば見舞ってくれ、私を励ましてくれたことに、私は血縁のふしぎな強い絆をあらためて痛感したのであった。その他、清水一人・薫さん夫妻の度重なるお見舞い、事務所の同僚の人々が入れ替わり立ち代わりお見舞いくださったことにも私は大いに元気づけられたのであった。また、上村洋行・元子さん夫妻、米沢健一郎・久美子さん夫妻のお見舞い、さらに黒井千次・千鶴さん夫妻、廣澤清さんの心のこもったお気遣いにお礼を申し上げたい。その他数多くの方々が私の病状についてご心配くださったことについて感謝し、私の病気のため迷惑をおかけした方々にはお詫びを申し上げたい。

そこで、帰宅後も自主的にリハビリテーションを続ける必要があり、週一回ずつ、理学療法士と作業療法士の訪問をうけて、リハビリテーションを指導していただき、自主トレーニングも併行して続けることとなった。しかし、歩行能力は遅々として回復しなかった。それでも、客観的には少しずつ確実に歩行能力は向上していたようであり、適宜に休憩すれば、三〇分ほどの散歩もできるようになった。

このような状況で、どういうわけか、読書も気乗りがしなかった。そのかわり、かねて抱いていた言葉についての感懐、構想を具体化する思いがつよくなり、一〇月初旬から本年二月末までの間、五〇篇を書き上げた。これも私としては例外的に早い詩作であった。

私は既刊の『言葉について』は校正刷を見て以後、読んでいない。いったい、私は自著を読みかえすと恥じ入ることが多いので、本として刊行されても内容を読みかえさないことを多年の習慣としている。そのため、この新輯詩集に収めた作品についても主題や表現について旧詩集の作品と重複しているかもしれないという危惧をもっている。そうであれば、それは私の非才の結果であって止むをえない。

配列はたんに制作した順序によった。どれもが独立した作品なので、気の向くままに一篇をお読みくださり、また、別の日に、別の頁を開いて別の一篇をお読みくださる、といったように、気侭にお読みくだされば作者としては有難い幸せである。

例によって青土社社長清水一人さんの好意に感謝し、本書の刊行の労をとってくださった篠原一平さん、明石陽介さん、その他青土社の関係の方々にお礼を申し上げたい。

中村稔

二〇一八年三月二四日

新輯・言葉について　50章

2018年5月10日　第一刷印刷
2018年5月25日　第一刷発行

著者　中村稔

発行者　清水一人
発行所　青土社
〒101-0051　東京都千代田区神田神保町1-29 市瀬ビル
［電話］03-3291-9831（編集）　03-3294-7829（営業）
［振替］00190-7-192955

ブックデザイン　菊地信義
印刷・製本　ディグ

ISBN 978-4-7917-7072-4
Printed in Japan